Analyse d'œuvre

Rédigé par Marianne Lesage

Sous la direction de Karine Vallet

AF306563

Le Cid

de Corneille

Profil Littéraire

PIERRE CORNEILLE   **1**

LE CID   **3**

LA VIE DE PIERRE CORNEILLE   **5**

Un bourgeois de province

Premières œuvres

Le Cid, ou le succès inattendu

Le temps de la tragédie

Les dernières années

RÉSUMÉ DU *CID*   **12**

Acte I

Acte II

Acte III

Acte IV

Acte V

L'ŒUVRE EN CONTEXTE   **18**

Le règne de Louis XIII

Un théâtre en pleine mutation

ANALYSE DES PERSONNAGES   **25**

Rodrigue, dit le Cid

Chimène

Don Diègue

Don Gormas, dit le Comte

Doña Urraque, Infante d'Espagne

Don Sanche

Don Fernand, roi de Castille

ANALYSE DES THÉMATIQUES 30

Peinture(s) de l'amour

Images du pouvoir

Le héros cornélien

STYLE ET ÉCRITURE 41

La question du genre

Le dialogue théâtral

RÉCEPTION DU *CID* 50

Une pièce polémique

Un classique indémodable

BIBLIOGRAPHIE 56

PIERRE CORNEILLE

- Né en 1606 à Rouen
- Mort en 1684 à Paris
- **Quelques-unes de ses œuvres :**
    - *L'Illusion comique*, 1636
    - *Cinna ou la Clémence d'Auguste*, 1641
    - *Polyeucte*, 1642

Rien ne prédestinait Corneille à devenir le monstre littéraire que l'on connaît aujourd'hui. Né en province dans une famille de magistrats, il est avant tout attiré par le droit et ne taquine la plume que comme divertissement. Son goût pour l'éloquence antique le porte tout naturellement vers le théâtre et il compose ses premières pièces selon le goût à la mode en ce début de XVIIe siècle. Certains traits caractéristiques se font déjà sentir : le mélange des genres, les dialectiques du cœur.

Pour autant, rien ne le prépare au succès foudroyant de sa pièce espagnole, *Le Cid*, inspirée de l'auteur Guillén de Castro. Les éloges pleuvent, les critiques aussi, au point de remonter jusqu'au sommet de l'État, à Richelieu lui-même. Corneille se retire un temps de la vie publique et ne revient qu'en 1640, avec une série de tragédies à matière antique. Ses pièces suivantes s'éloignent lentement des thèmes amoureux pour concentrer leurs effets sur la problématique de l'héroïsme et la question du héros face aux événements politiques. Bien que siégeant à l'Académie française, la suite de sa carrière ne sera pas à la hauteur des espoirs suscités

par *Le Cid* et sera surtout éclipsée par le génie incontour-
nable d'un dramaturge plus jeune, Jean Racine.

LE CID

- **Genre :** tragi-comédie
- **1ʳᵉ édition :** 1637 (édition définitive 1660)
- **Édition de référence :** *Le Cid*, Paris, Nathan, coll. « Grands Classiques Nathan », 1989.
- **Personnages :**
  - Rodrigue, dit le Cid, jeune homme noble, fils de Don Diègue
  - Chimène, jeune femme noble, amoureuse de Rodrigue et aimée de Don Sanche, fille de Don Gormas
  - Don Diègue, Grand d'Espagne, père de Rodrigue
  - Don Gormas, Grand d'Espagne, père de Chimène
  - Doña Urraque, Infante d'Espagne, secrètement amoureuse de Rodrigue
  - Elvire, sa suivante
  - Léonor, sa gouvernante
  - Don Fernand, roi d'Espagne
  - Don Sanche, jeune homme noble, amoureux de Chimène et rival de Rodrigue
- **Thématiques principales :** amour, honneur, famille, vengeance, pouvoir royal

Au moment où la future troupe du Marais monte *Le Cid* du jeune Corneille, dramaturge de province encore peu connu, le théâtre français est en ébullition. Alors que le début du siècle était encore marqué par un théâtre de l'outrance hérité de la Renaissance et de la période baroque, les années 1630 sont celles de la lente mise en place de règles strictes qui donneront naissance à ce que nous connaissons aujourd'hui sous le nom de théâtre classique. *Le Cid* témoigne donc encore de cette fluctuation des genres. La tragi-comédie est à l'époque le genre de prédilection du théâtre irrégulier, car elle rejette l'unité de ton, chère aux classiques. Si la pièce de Corneille triomphe sur scène et lance la carrière de son auteur, tout comme celle de la troupe de Montdory, future troupe de l'hôtel du Marais, elle déclenche également une tempête qui déchire critiques, mécènes et dramaturges.

Plus de quatre siècles après sa création, *Le Cid* est une pièce phare du théâtre français dont le succès ne s'est jamais démenti. Le personnage de Rodrigue constitue une expérience d'acteur qui a fait le succès de nombreux comédiens. Mais surtout, les affres du héros espagnol ont permis à Corneille de créer un type, le héros cornélien, qui se définit par cette lutte intérieure entre devoir et sentiment, dont l'écho n'en finit pas de résonner de modernité.

LA VIE DE PIERRE CORNEILLE

Gravure représentant Pierre Corneille, XVIIe siècle.

UN BOURGEOIS DE PROVINCE

Pierre Corneille naît à Rouen, le 6 juin 1606, premier-né d'une lignée de magistrats. C'est peu de dire que les Corneille ont le droit dans le sang. À une époque où les charges se transmettent de père en fils, c'est le grand-père de l'auteur qui échappe à la tannerie familiale pour devenir avocat, profession qui sera ensuite celle de son père, officiellement « maître des eaux et forêts » de la province de Rouen. Ce père, notable de province, épousera une fille d'avocat avec laquelle il aura huit enfants, dont six parviendront à l'âge adulte. Parmi eux, Pierre l'aîné et Thomas le cadet, qui tous deux abandonneront la magistrature pour l'écriture et le théâtre.

La jeunesse de Pierre Corneille est semblable à celle de nombreux jeunes gens issus de la bourgeoisie de robe. Il commence son éducation chez les jésuites, où, excellent élève, il remporte plusieurs prix et se prend de passion pour les stoïciens gréco-latins et leur art de la rhétorique. Il découvre également le théâtre, discipline récemment introduite dans les cursus par les jésuites qui y voient un outil pédagogique. Pour autant, le jeune Pierre est timide et peu doué pour l'éloquence – qui sera pourtant aux fondements de son écriture.

Poursuivant la tradition familiale, Corneille entreprend des études de droit, et son père lui achètera même deux petites charges d'avocat. Mais la plaidoirie n'est décidément pas son fort, et il y renonce dès 1629, soit quatre ans à peine après avoir prêté serment. Néanmoins, il conservera les charges pendant de longues années et en tirera des revenus suffisants pour nourrir sa famille.

PREMIÈRES ŒUVRES

Il est courant, pour les jeunes étudiants en droit de l'époque, de s'adonner à la poésie et de passer ainsi d'un art rhétorique à l'autre. Dès 1625, Corneille compose des vers en puisant dans une récente peine de cœur.

De la poésie tragique, il passe au théâtre et s'inspire à nouveau de ses amours malheureuses – la rivalité qui l'oppose à l'un de ses amis pour le cœur d'une jeune fille – pour créer sa première pièce, *Mélite*, qualifiée de « pièce comique » et non de « comédie », révélant par là le goût de son auteur pour les jeux sur le genre. Il emprunte son sujet à la pastorale (œuvre artistique se déroulant dans un cadre champêtre idéalisé et dont les personnages sont des bergers et des bergères), alors très en vogue, et crée un nouveau modèle de comédie sentimentale qui s'éloigne du genre des farces bouffonnes, en lui prêtant un ton et des dialogues plus réalistes, des effets moins outrés. Confiée presque par hasard à une troupe de comédiens itinérants, future troupe de l'hôtel du Marais, la pièce est montée à Paris où elle jouit d'un succès certain et lance la carrière littéraire de Corneille.

Jusqu'en 1644, malgré un intérêt croissant pour la tragédie, il continuera d'écrire sur ce nouveau modèle huit comédies afin de dépeindre, avec toutes les nuances et sans excès de bouffonneries, le sentiment amoureux et les atermoiements du cœur, à mi-chemin entre la comédie et le drame. Parmi celles-ci, *La Veuve* (1632), *La Galerie du Palais* (1633), *La*

Suivante (1634) et *La Place royale* (1634). Partisan du mélange des genres, il fait également jouer en 1636 *L'Illusion comique*, pièce comique à enchâssements successifs qui parvient à concentrer comédie, pastorale, tragi-comédie et tragédie en une seule pièce. Ce sera l'une de ses dernières comédies.

LE CID, OU LE SUCCÈS INATTENDU

En 1637, la mode est au drame espagnol. Pays proche et rival de la France, l'Espagne devient dans l'imaginaire littéraire un pays de cape et d'épée, tout en violence et en pittoresque. Certains grands noms du théâtre ibérique sont repris ou adaptés sur les scènes de France : Tirso de Molina (1583-1648), Lope de Vega (1562-1635), Calderon (1600-1681). Corneille ne fait pas exception et puise la matière de sa nouvelle œuvre dans la pièce de Guillén de Castro (1569-1631), *Les Enfances du Cid*, consacrée à un héros bien connu du Moyen Âge espagnol.

Le Cid est créé à l'hôtel du Marais en janvier 1637 et, dès les premières représentations, jouit d'un immense succès, qui prend complètement de court son auteur. Tout Paris ne parle que des hésitations de Rodrigue et du déchirement de Chimène... Mais les critiques ne sont pas toutes aussi enthousiastes. Il faudra l'intervention de Richelieu (homme d'État, 1585-1642) en personne – et le durable succès de la pièce sur les planches – pour que la querelle cesse.

LE TEMPS DE LA TRAGÉDIE

Échaudé par cette agitation, Corneille se retire à Rouen dans un prudent silence, qui durera trois ans et sera employé à une intense réflexion théorique. Dans le même temps, il se marie, perd son père et se retrouve tuteur de deux jeunes frères et sœurs. C'est à présent un homme mûr et un chef de famille qui aura bientôt huit enfants, dont six parviennent à l'âge adulte. Lorsqu'il revient au théâtre, c'est avec une tragédie, *Horace*, jouée en 1640. Le temps de la tragi-comédie a passé et la comédie n'occupe plus la première place de sa production théâtrale : l'auteur du *Cid* produira 17 tragédies, dont beaucoup auront un sujet antique, telles *Cinna ou la Clémence d'Auguste* (1641), *Polyeucte* (1642) ou *La Mort de Pompée* (1643). Toujours attaché à certains principes de ses premières œuvres, il crée le principe de la tragédie à dénouement heureux, comme c'est le cas pour *Cinna*. D'autres sujets l'attirent, comme les intrigues politiques mises en lumière dans *Rodogune* (1645). Il prend également soin de situer ses histoires de plus en plus loin de la politique européenne, choisissant ses sujets parmi les peuples « barbares » comme les Parthes (empire du nord de la Perse antique, couvrant approximativement le territoire de l'Iran actuel). Après la mort de Richelieu, l'ami-ennemi dont il dira qu'il « lui avait fait trop de bien pour qu'il puisse en dire du mal » et « trop de mal pour qu'il puisse en dire du bien » (vers composés à l'occasion de la mort du ministre), Corneille est admis à l'Académie française en 1647, au fauteuil 14.

S'ensuit une décennie de succès mitigés. La Fronde éclate en 1648 et plonge le pays dans une période de trouble politique intense. Pour Corneille, cela se traduit par la perte de sa charge officielle et donc de ses revenus fixes. Il essuie un échec retentissant en 1651 avec *Pertharite*, dont l'intrigue politique déplaît au public, lassé des troubles et des affrontements. Corneille décide alors de renoncer au théâtre, et de se consacrer à une traduction – lucrative – de *L'Imitation de Jésus-Christ*, ouvrage anonyme publié au XIVe siècle en latin. Il revient néanmoins au théâtre en 1659, avec *Œdipe*, une commande du surintendant des Finances, Nicolas Fouquet (1615-1680), grand mécène de l'époque comme le fut avant lui Richelieu. Il s'agira de son dernier succès.

LES DERNIÈRES ANNÉES

La fin de la carrière de Corneille est éclipsée par la gloire montante d'un autre auteur de tragédie, Jean Racine (1639-1699). La décennie s'annonçait pourtant sous de plus cléments auspices que la précédente. Pressés par le duc de Guise, son nouveau mécène, de venir s'installer à Paris, Pierre et Thomas Corneille, son jeune frère devenu auteur dramatique à la mode, quittent la province dans l'espoir de profiter des triomphes de Pierre au théâtre pour asseoir leur influence sur la scène théâtrale française. La stratégie n'a que peu d'effet, le temps du « grand Corneille » semble révolu et ses pièces sont à plusieurs reprises boudées par le public, même lorsqu'elles sont montées par la troupe de Molière, comme c'est le cas d'*Attila*, en 1666.

Au même moment, Racine fait jouer *Andromaque* et donne un nouveau souffle à la tragédie. L'histoire se répète en 1670, lorsque le *Tite et Bérénice* de Corneille ne connaît qu'un succès modeste face à la gloire récoltée par Racine avec *Bérénice*. Puis en 1674, la tragédie *Suréna* ne parvient pas à effacer le succès de l'*Iphigénie* de Racine. C'en est trop pour l'académicien : il renonce définitivement à l'écriture dramatique. Lorsqu'il meurt en 1684, son frère Thomas reprend son siège à l'Académie et c'est Racine qui fera son éloge funéraire lors de sa propre cérémonie de réception.

RÉSUMÉ DU *CID*

ACTE I

Dans une maison de Séville, la jeune Chimène presse sa suivante Elvire de lui raconter son entrevue avec Don Gormas, son père : il semble que celui-ci approuve la cour que Don Rodrigue fait à la jeune fille et que le mariage soit prévu. Chimène se dit néanmoins inquiète (scène I). De son côté, l'Infante d'Espagne, Doña Urraque, se désole de devoir renoncer à Rodrigue qu'elle aime en secret (scène II). Au même moment, quelque part sur une place publique, Don Gormas et Don Diègue, père de Rodrigue, se disputent au sujet de la récente nomination de Don Diègue au poste de gouverneur du prince de Castille. Le ton monte, le comte gifle Don Diègue (scène III), plongeant celui-ci dans le désespoir d'être trop âgé pour vaincre Don Gormas lui-même et la colère de l'affront subi (scène IV). Arguant de l'honneur de la famille, il convainc Rodrigue de demander réparation au père de sa promise, au détriment de l'amour qui les unit (scène V). Resté seul, Rodrigue pèse toute la cruauté du dilemme, mais se résout à aller venger son père.

ACTE II

Dans le palais royal, le comte revient sur son geste : il regrette son emportement, mais n'envisage pas de s'excuser auprès de Don Diègue, quitte à déplaire au roi (scène I). Arrive Rodrigue qui vient défier l'homme qui a humilié son père, bien que le comte ne croie pas pouvoir être battu (scène II).

Dans le même temps, l'Infante et Chimène discutent l'affaire en cours et Doña Urraque tente de rassurer la jeune fille qui ne voit pas d'issue heureuse (scène III). Un page vient annoncer que Rodrigue et le comte sont en train de se battre, Chimène accourt (scène IV). L'Infante avoue, quant à elle, que ce retournement pourrait jouer en sa faveur et confie à sa suivante que Rodrigue est un guerrier bien digne d'elle (scène V).

Ailleurs dans le palais, le roi apprend, furieux, l'affront de Don Gormas à Don Diègue et condamne l'attitude du comte (scène VI). Un courtisan vient annoncer la mort du père de Chimène et l'arrivée de celle-ci, qui demande vengeance et justice (scène VII).

La mort de Don Gormas dans l'opéra de Jules Massenet, 1885.

Chimène et Don Diègue se présentent alors au roi pour le convaincre, l'une de punir Rodrigue de ce meurtre, l'autre d'être clément envers son fils (scène VIII). Le roi les renvoie chez eux, en promettant de recevoir Rodrigue (scène IX).

ACTE III

Poussé par l'amour, Rodrigue se rend dans le palais de Chimène, où la gouvernante Elvire lui enjoint de se cacher (scène I). Il aperçoit ainsi Chimène au bras de Don Sanche, son rival, lequel propose de mettre son épée au service de la vengeance de la jeune femme (scène II). Elle le renvoie sans accepter et, une fois seule avec Elvire, se désespère de sa situation, elle qui aime toujours l'assassin de son père, bien que son sens de l'honneur réclame vengeance (scène III). Rodrigue révèle sa présence et les deux amants déplorent leur impossible situation, qui ne leur laisse que la mort comme espoir (scène IV).

Rodrigue et Chimène dans l'opéra de Jules Massenet, 1885.

Ailleurs dans Séville, Don Diègue craint le sort réservé par le roi à son fils (scène V), mais celui-ci arrive libre. Le père se réjouit se voir son honneur vengé et son fils vivant, mais enjoint le jeune homme aux abois d'aller combattre les Maures qui menacent le royaume, plutôt que de se tuer de désespoir (scène VI).

ACTE IV

Par la voix d'Elvire, Chimène apprend le retour victorieux de l'homme qu'elle aime toujours. Pour autant, elle se convainc d'écouter son sens du devoir qui réclame vengeance, plutôt que ses sentiments (scène I). L'Infante arrive pour tenter de la faire renoncer à son projet de vengeance, mais la jeune femme s'entête (scène II).

Dans le palais du roi, Rodrigue, son père, le roi et des courtisans sont réunis pour entendre le récit de la bataille, ce qui vaut au Cid les félicitations du monarque (scène III). Apprenant que Chimène lui demande audience (scène IV), le roi décide d'éprouver les sentiments de la jeune femme, mais celle-ci persiste à réclamer l'échafaud pour l'assassin de son père. Il est décidé d'un duel qui tranchera le dilemme. Chimène désigne Don Sanche comme son champion et devra épouser le vainqueur, quel qu'il soit (scène V).

ACTE V

Les deux amants sont réunis avant le duel : Rodrigue vient faire ses adieux, mais Chimène avoue, non sans honte, qu'elle l'aime encore et le supplie de revenir victorieux (scène I). Au même moment, l'Infante se rend à la raison d'État et renonce à Rodrigue, qui n'est pas de sang royal (scène II), bien que sa gouvernante Léonor lui annonce le duel et le choix de Chimène d'épouser Don Sanche (scène III). Restée seule avec Elvire, Chimène désespère de sa situation et tremble pour Rodrigue (scène IV). Lorsque Don Sanche se présente (scène V), elle pense que son amant est mort et accable le messager de reproches, sans le laisser s'expliquer. Le roi paraît sur ces entrefaites, Chimène le supplie de la laisser entrer au couvent plutôt qu'épouser Don Sanche. Voyant que la jeune femme aime toujours profondément Rodrigue, Don Fernand lui apprend que « le Cid » est toujours en vie et que la dette de Chimène envers son défunt père est acquittée. Elle peut donc épouser celui qu'elle aime (scène VI). Les amants sont réunis, affirment mutuellement leurs sentiments et le roi promet que le mariage aura lieu, bien que Rodrigue doive passer un an à combattre pour la gloire de l'Espagne, le temps que Chimène fasse le deuil de son père (scène VII).

L'ŒUVRE EN CONTEXTE

Un État troublé

L'assassinat d'Henri IV (roi de France et de Navarre, 1553-1610), puis la régence de sa femme, Marie de Médicis (reine de France et régente, 1573-1642), marquée par une mauvaise gestion des affaires de l'État et un certain nombre de troubles politiques et sociaux, ouvrent dans le royaume une période de mécontentement qui ira de pair avec la centralisation progressive du pouvoir. Les plaies laissées par les guerres de religion ne sont pas guéries, d'autant que les troubles religieux reprennent régulièrement. La régente mène une politique extérieure pro-espagnole qui déplaît grandement à la noblesse et à la population. La famille royale se déchire, la reine mère allant jusqu'à fomenter des complots contre son fils lorsque celui-ci l'exile en province, ce qui donne au pays l'image d'un pouvoir affaibli, à la merci de courtisans intéressés, comme les époux Concini, favoris de la reine. Lorsque Louis XIII (roi de France, 1601-1643) accède au trône en 1617, sa première action est de renforcer son pouvoir personnel, notamment en réduisant les privilèges accordés aux protestants, en réprimant sévèrement les complots menés par la noblesse et en reprenant la guerre contre l'Espagne. Par ailleurs, il apprend à s'entourer de ministres de valeur et respectueux de la fonction royale : en 1624, le cardinal de Richelieu est ainsi nommé principal ministre d'État.

Moderniser la France

Dans les années 1630, au moment où Corneille écrit *Le Cid*, le règne de Louis XIII se caractérise toujours par un certain nombre de conspirations, notamment à l'égard de Richelieu (affaire de Chalais en 1626 ; affaire Cinq-Mars en 1642), dont la répression sans pitié permet d'affirmer la toute-puissance du roi. Cette tentative pour museler les Grands sera l'un des points forts de la politique du cardinal, et l'un des témoins du lent abandon de la féodalité en tant que système de gouvernement. S'il faut voir là les premières traces de l'absolutisme à la française, il faut aussi y lire les racines de la Fronde, guerre civile sanglante qui déchirera le pays à partir de 1648.

La Fronde

La Fronde est le nom donné à la période de troubles politiques qui ont agité les années 1648-1653 et opposé pouvoir royal et noblesse, contribuant ainsi à la mise en place d'une monarchie absolue. On cite généralement comme causes l'usure due à un climat de guerre permanent (guerres de religion, guerre de Trente Ans, guerre contre l'Espagne), une crise économique et l'augmentation de la pression fiscale et les efforts de la monarchie pour imposer un État fort, délivré de l'influence des ordres. On distingue deux phases :

- la fronde parlementaire (1648-1649), qui oppose le pouvoir exercé par la régente Anne d'Autriche et le cardinal Mazarin, premier ministre, aux parlementaires et magistrats. Culminant avec le siège de Paris, elle prend fin avec la reddition des parlementaires ;

- la fronde des princes (1650-1653), menée entre autres par les princes de Conti et de Condé qui multiplient les complots contre Mazarin et mettent le pays à feu et à sang.

La Fronde prend fin avec la défection des partisans de Condé et le retour à l'autorité royale. Louis XIV, devenu majeur, en gardera rancune à Paris et aux Grands qu'il s'emploiera à museler.

Le roi et son ministre œuvrent également à reconstruire la position de la France. Cela passe par une reconstruction de l'économie et de l'administration, par la suppression de certaines pratiques héritées de la féodalité, comme le duel judiciaire, par un encadrement du développement culturel du pays (création de l'Académie française, 1635) par le développement de la marine et du commerce extérieur, notamment avec le continent américain et le Canada. Tout ceci concourt à jeter les prémices d'un État moderne que Louis XIV (roi de France, 1638-1715) saura faire fructifier vers l'absolutisme.

Sur le plan de la politique étrangère, le roi et son ministre entendent faire de la France une puissance politique de premier plan en Europe, alors largement dominée par les Habsbourg et le Saint-Empire. En particulier, ils engagent la France dans une guerre brutale contre l'Espagne, dernier acte de ce que les générations ultérieures nommeront la guerre de Trente Ans (1618-1648).

La France du *Cid* est donc un royaume qui cherche à définir le pouvoir royal et la place qui doit être accordée aux Grands. Malgré les guerres, les famines qui ravagent régulièrement le territoire, une population qui ploie sous le poids de la fiscalité, le pays s'impose comme un État moderne et la première puissance du Grand Siècle en Europe.

UN THÉÂTRE EN PLEINE MUTATION

Les lieux du théâtre

En cet âge préclassique, avant d'être un texte, le théâtre est une affaire de lieux. C'est un spectacle dont la topographie est à l'image de la répartition sociale. Bien sûr, depuis l'Antiquité grecque, le théâtre ne s'est jamais départi de sa fonction sociale et pédagogique.

Tout à sa création des académies, Richelieu sacre le théâtre comme art officiel en 1630 et les lieux appropriés commencent à fleurir sur le territoire, permettant la coexistence de plusieurs traditions. Distinguons ainsi théâtre de cour, théâtre de ville (Paris essentiellement) et théâtre itinérant de province, qui se joue bien souvent sur des tréteaux.

- À la cour et jusque dans les années 1640, le théâtre de cour ne fait pas de distinction entre la salle et la scène : les deux espaces sont reliés entre eux par des escaliers que peut emprunter la noble assemblée pour venir danser sur scène pendant l'entracte ou les intermèdes de ballet. La lumière coule à flots, déversée sur la scène par de grands lustres et dans la salle par de luxueuses bougies blanches, puis reflétée par un savant jeu de miroirs qui illumine le fond de scène. C'est l'âge des pièces à machines, des comédiens revêtus de somptueux costumes contemporains afin de se confondre avec le public et de faire naître stupeur et admiration.

- À Paris, les salles de théâtre se côtoient, se complètent, s'opposent. Le célèbre hôtel de Bourgogne, construit en 1548, est le haut lieu de la vie théâtrale et le premier théâtre régulier ; il attire à la fois troupes provinciales de passage et « comédiens ordinaires du roi » (aussi appelés « Grands Comédiens », qui ont eu la chance de jouer au moins une fois devant Louis XIII) et jouit d'une sorte de monopole. Les autres salles sont des salles de jeux de paume, dont l'une deviendra le non moins célèbre hôtel du Marais qui, dès 1634, se fait fort d'accueillir des troupes plus jeunes, plus novatrices et proposant un répertoire moderne. Dès le début, leur fer de lance est un jeune auteur normand inconnu, ce Corneille qui cherche à faire ses armes et dont ils acceptent de jouer *Mélite*, *La Place Royale*, puis en 1637, *Le Cid*, succès incontestable pour la pièce comme pour l'auteur.
- En province, le théâtre reste un genre de bateleur, de harangueur de foire. Les troupes jouent des pièces courtes, animées, parfois vulgaires et satiriques, mais toujours inspirées de la vie quotidienne. Molière y fera ses classes et l'on note, à partir du milieu du siècle, le succès grandissant des « comédiens italiens », de leurs pièces légères et pleines de mimiques qui influenceront durablement la comédie à la française.

Pratiques et mises en scène

À la ville comme à la cour, il s'agit de salles « à la française », soit de longs rectangles de 12 mètres de long environ et bordés de loges latérales. La scène est située au niveau du visage des spectateurs du parterre qui se tiennent debout, les décors sont figurés par des toiles présentant des jeux de perspective géométriques, et le sol, légèrement en pente et peint d'un damier, est censé rehausser l'illusion de réalité et de profondeur. Le procédé est moderne : au Moyen Âge, l'usage était de compartimenter la scène par des rideaux figurant les divers lieux. Le XVIIe siècle crée au contraire l'unité de lieu, d'abord par des procédés visuels. Les salles sont sombres, on y étouffe avec la fumée des chandelles de suif qu'il faut changer toutes les vingt minutes. Seul le devant de la scène est éclairé avec parcimonie, obligeant les comédiens à venir jouer sous le nez du public et à arborer des costumes particulièrement voyants. Souvent d'ailleurs, il fait plus sombre sur la scène que dans la salle, où règne de toute façon un brouhaha incessant, car le théâtre est un lieu social, où l'on se rencontre, où l'on se parle, où l'on rit trop fort, voire où l'on se bat. Mais surtout, salle et scène sont des prolongements réciproques, solidaires bien que distinctes, pensées pour créer, le temps d'une représentation, un monde commun évoluant selon les mêmes lois. C'est cette volonté qui explique l'importance des règles du théâtre classique, garantes de la cohérence entre ce qui se passe sur scène et la réalité que vivent les spectateurs. Ainsi, la règle de l'unité de lieu permet de concentrer l'action en un endroit unique qui englobe, pour ainsi dire, les personnages, tout comme la salle englobe le public.

Diversité des genres

Le début du XVIIe siècle voit cohabiter deux styles de théâtre que l'on imagine irréconciliables : le théâtre irrégulier, fait d'outrance et de versatilité, et un théâtre régulier de plus en plus présent, qui aboutira à ce que l'on connaît sous le nom de théâtre classique. La génération de Corneille est donc une génération de transition, qui tente de repenser et de définir les grands genres du théâtre qui se font concurrence :

- la comédie n'est ainsi pas encore un genre noble, mais gagne lentement ses galons, grâce à des auteurs tels que Corneille, Jean Mairet (1604-1686) ou Jean de Rotrou (1609-1650) qui la sortent des ornières de la farce populaire, pour la tirer soit vers d'élégants drames romanesques où l'amour est roi, soit vers la satire sociale comme le fera plus tard Molière ;
- la tragi-comédie, dont *Le Cid* est l'un des plus brillants exemples, est à la mode, mais vit ses dernières heures au fur et à mesure que la logique régulière s'impose et radicalise les genres ;
- la tragédie elle-même est protéiforme, englobant aussi bien, par exemple, les tragédies pédagogiques des collèges jésuites, toutes pleines de mythes antiques, de scènes bibliques et d'hagiographies, les pastorales dramatiques et leurs bergers tissant à l'envi le thème de l'amour contrarié, et les tragédies à machines dont l'intrigue n'est souvent que prétexte à un déferlement d'effet visuels et sonores, de danses et de chants – elles seront d'ailleurs progressivement remplacées par l'opéra.

Le Cid est donc représentatif de cette charnière entre baroque et classicisme, entre théâtre irrégulier et régulier, de la même façon qu'il marque le début d'un nouveau volet de la carrière littéraire de son auteur.

ANALYSE DES PERSONNAGES

RODRIGUE, DIT LE CID

Inspiré d'une figure célèbre de l'Espagne médiévale, Rodrigue devient chez Corneille un prototype du héros tragique, tel que le dramaturge le développera ultérieurement. Si l'auteur lui confère volontiers des traits « héroïques » traditionnels, comme le courage et l'ardeur au combat (acte IV, scène III), voire des caractéristiques romanesques, notamment dans l'expression de la passion amoureuse, Rodrigue est avant tout l'incarnation du dilemme, du choix impossible. Contrairement à la tragédie antique, le sentiment tragique du héros cornélien est tout intérieur : aucun dieu vengeur ne pèse sur sa destinée, ce rôle est tenu par sa conscience morale et sa volonté. En effet, si ce sont bien des événements extérieurs qui motivent l'action, celle-ci ne prend forme qu'une fois intériorisée par le personnage qui la fait sienne (voir les stances de la scène VII de l'acte I). De jeune noble amoureux, le personnage devient chef de guerre (d'où le surnom de « Cid », chef), digne de son roi, et amant victorieux, digne de Chimène. Toute son évolution peut donc être lue comme une lente réalisation de soi, rendue possible par le douloureux apprentissage de la volonté qui oblige à dépasser le pur élan du cœur.

CHIMÈNE

Chimène est la fille de Don Gormas et la femme qu'aime Rodrigue. Au début de l'intrigue, il s'agit simplement d'une jeune fille noble, qui tremble de savoir si ses souhaits de mariage seront exaucés. D'emblée, elle est placée dans la sphère d'un sentiment amoureux troublé par une inquiétude vague (« Dans ce grand bonheur, je crains un grand revers », acte I, scène I, v. 56). Corneille lui prête néanmoins des traits héroïques : jeunesse et beauté, d'une part (puisque l'usage, hérité de la littérature médiévale, veut que l'apparence reflète la conscience) ; d'autre part, courage et sens de l'honneur avec lequel il est impensable de transiger. Avec la mort de son père, elle devient seule détentrice de l'honneur de son sang et c'est en s'opposant sans relâche à Rodrigue qu'elle aime toujours passionnément, qu'elle devient digne de lui et d'elle-même.

DON DIÈGUE

Présenté comme un vieillard, le père de Rodrigue est l'un de ceux par qui le malheur arrive. Nommé gouverneur du fils du roi au début de la pièce, ce poste convoité déclenche la jalousie et la colère de Don Gormas, qui gifle le vieil homme. Parce qu'il est trop âgé pour exiger lui-même réparation, il charge Rodrigue de venger son honneur, plongeant ainsi le jeune homme dans le dilemme. Il n'ignore pas les senti-ments qui lient Rodrigue et Chimène, mais considère que les obligations du sang l'emportent sur les liens du cœur. Sa rhétorique est entièrement tournée vers la vengeance et le devoir, comme dans la courte scène V de l'acte I : « Viens, mon fils, viens, mon sang, viens réparer ma honte/ Viens me venger » (v. 268-269). On peut également lire le personnage comme l'incarnation d'un code d'honneur intemporel, où la noblesse du rang est obligatoirement suivie de celle du cœur, où il est inconcevable pour un homme de haut rang de faire preuve de bassesse et de lâcheté. Il existe un revers à cette glorieuse médaille : tout comme Don Gormas, Don Diègue incarne une noblesse si pleine d'elle-même qu'elle ne peut qu'engendrer des drames.

DON GORMAS, DIT LE COMTE

Le père de Chimène se présente comme un modèle inversé du père de Rodrigue. Plus jeune que Don Diègue, il est chef militaire avant d'être homme de cour et se montre volontiers impétueux, violent et méprisant. La gifle qu'il donne par dépit est le signe d'une noblesse qui a oublié son rang, en qui s'est opérée une dichotomie entre le cœur et l'épée, selon la rhétorique chère à Corneille. Après qu'il a été provoqué et tué en duel par Rodrigue, sa mort apparaît à la fois comme une juste punition et comme le dernier coup du sort qui va précipiter le malheur des deux amants.

DOÑA URRAQUE, INFANTE D'ESPAGNE

La fille du roi d'Espagne, amoureuse malheureuse de Rodrigue et amie de Chimène, est une autre figure de héros cornélien, déchiré entre l'amour et le devoir. Outre le fait que le jeune homme ne partage pas ses sentiments et que l'amitié qui lie l'Infante à Chimène est un obstacle supplémentaire, Rodrigue n'est pas de sang royal et ne pourrait prétendre à la main de l'héritière de Castille. Il n'y a donc aucun espoir pour que la situation de Doña Urraque évolue en sa faveur, ce qui redouble la tension tragique dans la pièce. L'essentiel de ses dialogues se concentre non pas tant sur le dilemme, que sur le malheur de devoir renoncer à Rodrigue (acte I, scène II ; acte V, scène III). Lorsqu'elle entrevoit une brève lueur d'espoir, elle la décrit aussitôt comme une « folie » (acte II, scène V, v. 519 et v. 553). Si Rodrigue accède au statut héroïque, la trajectoire de l'Infante est celle d'une maturation, d'une incarnation de sa fonction. La douleur amoureuse laisse place à l'abnégation, au sens du sacrifice propre – dans l'idéal – aux grands monarques, tandis que le personnage est pour ainsi dire humanisé par sa générosité et sa franche bonté d'âme qui la poussent à se réjouir du mariage de son amie.

DON SANCHE

Don Sanche, jeune noble de la cour de Castille, est amoureux de Chimène et donc rival de Rodrigue. La scène VII de l'acte II montre qu'il fait partie de l'entourage du roi Fernand, lequel lui reproche sa trop grande ardeur à défendre Don Gormas. Cette même impétuosité, mue par ses sentiments pour Chimène, le pousse à proposer de tuer Rodrigue pour venger la jeune femme. Si elle refuse dans un premier temps, elle désignera néanmoins Don Sanche comme son champion dans le duel qui l'oppose à Rodrigue (acte IV, scène V), avant de s'épouvanter lorsque Don Sanche revient, l'épée sanglante à la main, créant ainsi un quiproquo et un nouveau rebondissement.

À de nombreux égards, le personnage se présente comme un rival idéal : il partage des traits avec Rodrigue (le courage, le sens de l'honneur, la déférence qu'il témoigne à la femme qu'il aime), sans faire preuve d'autant de profondeur de réflexion. Par ailleurs, il se retire de lui-même et renonce à Chimène, impressionné tant par la vaillance de Rodrigue que par la force des sentiments qui lient les deux amants.

DON FERNAND, ROI DE CASTILLE

Le véritable Don Fernand, en réalité Ferdinand Ier de León et de Castille, a régné sur la région de 1028 à 1065, règne marqué par la lente Reconquista sur les Maures, d'une part, et par des luttes internes avec les seigneurs de Castille d'autre part. De ces faits historiques, Corneille ne conserve que l'enveloppe. Le roi envoie Rodrigue combattre les Maures et n'y va pas lui-même, il intervient à peine comme arbitre dans les rivalités de la cour, préférant s'en remettre au « jugement de Dieu ». Tout ceci concourt à donner l'image d'un souverain certes pondéré et soucieux de justice, mais également affaibli, désireux de respecter les usages, mais peu enclin à entrer de plain-pied dans les batailles.

ANALYSE DES THÉMATIQUES

L'amour, le pouvoir, la vengeance, le conflit intérieur : tels sont les principaux thèmes que Corneille entend développer dans sa pièce espagnole. En soumettant ses héros à des choix impossibles, il leur donne l'opportunité de s'accomplir et d'exalter tant les autres personnages que le public.

PEINTURE(S) DE L'AMOUR

Un idéal amoureux hérité du Moyen Âge

Deux jeunes gens, beaux, vertueux et bien nés, s'aiment d'un amour sincère. Une princesse au cœur noble aime un champion de la couronne. Un jeune noble met son épée au service de celle qu'il aime. Les différents protagonistes du *Cid* semblent tout droit issus des romans de chevalerie, ce qui confère à la pièce un caractère « romanesque » qui semble mal s'accorder, de prime abord, au tragique de l'action, mais reflète le goût de l'époque. Les années 1630 ne sont pas encore celles de l'idéal classique de tempérance et d'« honnêteté ». On se bat, on s'emporte et on se délecte de sentiments violents dont l'expression confine à l'outrance.

À la manière des hérauts de l'amour courtois, la conduite amoureuse chez Corneille exige une dévotion totale à l'être aimé et au sentiment amoureux. La femme est érigée en maîtresse de la destinée, et la moindre de ses volontés peut être une condamnation à laquelle aucun prétendant n'envisagerait de se soustraire : « Mais si de vous servir je peux être capable/ Employez mon épée à punir le coupable » (acte III, scène II, v. 778-779), « Je fais ce que tu veux, mais sans quitter l'envie/ De finir par tes mains ma déplorable vie » (acte III, scène IV, v. 869-870), « Je mourrais trop heureux, mourant d'un si beau coup » (*id.*, v. 939).

Il en va de même chez les personnages féminins : ni Chimène ni l'Infante n'envisagent de survivre à l'amour (« Ma plus douce espérance est de perdre l'espoir » (acte I, scène II, v. 135), « Le poursuivre, le perdre et mourir après lui » (acte III, scène III, v. 848). Là où la « fin'amor » marquait une ascendance de la femme sur l'homme, l'amour chez Corneille place tout le monde sur un plan d'égalité : l'être aimant est ontologiquement soumis.

L'amour cornélien : un état ambivalent

Au cœur du dilemme, il semble toutefois que les polarités s'inversent : si le meurtre d'un père est vu comme un acte d'honneur, l'amour est une calamité, une force qui presse et meurtrit le cœur qui en est victime. Pour paraphraser Shakespeare (dramaturge anglais, 1564-1616), ces violents délices connaissent des issues violentes, et le sentiment amoureux qui portait le cœur aux nues le plonge ensuite dans des affres insondables au lexique expressif. Pour preuve, le dialogue entre l'Infante et sa suivante Léonor (acte II, scène V), où l'amour est présenté tantôt comme un guerrier victorieux et redoutable (« Pompeuse et triomphante [cette flamme] me fait la loi [...]. Ma vertu la combat, mais malgré moi j'espère », v. 516 ; « l'amour flatte un cœur qu'il possède », v. 530), tantôt comme une œuvre de sorcellerie (« mon esprit charmé », v. 512 ; « un si char-mant poison », v. 524 ; « votre espoir vous séduit », v. 527). Il s'agit certes là d'un topos de la littérature amoureuse, qui présente le sentiment amoureux comme un état que l'on subit à son corps défendant (principe qui sera repris avec encore plus de vigueur par Racine, notamment dans *Phèdre*) – sans doute afin d'épargner la vertu et les bonnes mœurs –, comme l'amour de Tristan pour Iseut provoqué par un sortilège. Selon le critique Georges Poulet, dans l'un des tomes d'*Études sur le temps humain*, par convention, « la vie de l'amant est un esclavage. Elle est faite de moments confus où se raniment les espérances mortes, où recommencent de se tourner vers l'avenir les émotions du passé ».

De l'amour passionné à l'amour héroïque

On s'aperçoit rapidement que l'amour n'embarrasse pas longtemps la volonté du protagoniste cornélien. Bien que les différents amoureux de la pièce déplorent à plusieurs reprises tant le sentiment amoureux que la douleur d'en être privé, cela n'intervient pas dans leur décision. Ainsi, les doutes de Doña Urraque ne durent que peu de temps ; elle reprend rapidement ses esprits et retrouve son rang de fille de roi (acte II, scène V et acte V, scène III). Chimène et Rodrigue, si désespérés soient-ils, ne parviennent pas à renoncer l'un à l'autre et se jurent leur amour, alors même qu'ils se séparent. Il s'opère donc une dichotomie au sein du sentiment amoureux, entre le vivre et le dire : sachant qu'ils ne pourront vivre leur amour, il ne reste plus aux personnages qu'une échappatoire, celle de le faire exister par les mots (acte III, scène IV).

Corneille a longtemps dit que l'intrigue amoureuse était réservée à la comédie : « J'ai cru jusqu'ici que l'amour était une passion trop chargée de faiblesse pour être la dominante dans une pièce héroïque » (lettre à Saint-Evremond de 1668, in SAINT-EVREMOND (Charles de), *Œuvres mêlées*). Fidèle à ce principe, il construit certes son intrigue autour d'un couple d'amants, mais il apparaît bien que l'amour n'est une des dominantes du *Cid* qu'en tant que composante essentielle du dilemme héroïque. L'expression qu'il prête aux amoureux, pour inédite que soit leur situation, est empreinte des stéréotypes de l'époque. Mais il s'éloigne rapidement de cette peinture de l'amour-tyran pour y substituer celle de l'amour comme épreuve de volonté et conquête de l'héroïsme. Vaincre les élans du cœur est encore la marque d'une volonté qui se prouve à elle-même sa valeur et son rang, et accède au statut héroïque.

IMAGES DU POUVOIR

Le pouvoir royal

Si *Le Cid* se situe dans l'Espagne médiévale du règne de Ferdinand Ier, c'est bien évidemment la situation politique de la France de la première moitié du XVIIe siècle que dépeint Corneille, celle où le pouvoir royal, qui n'a pas encore la force de l'absolutisme de Louis XIV, va lentement laisser place à la Fronde et à la révolte de la noblesse.

Quelle image Corneille donne-t-il du pouvoir royal ? Don Fernand apparaît comme un arbitre, ce qui fait certes partie de son rôle (acte II, scène VIII) et, s'il s'engage dans l'affaire qui oppose Chimène et Rodrigue, on perçoit que cela tient à des raisons politiques et militaires : les Maures viennent de débarquer, il faut au royaume un champion pour mener les troupes. Lorsqu'il se résout à accepter un duel entre Don

Sanche et Rodrigue, bien que cela contrecarre ses plans (acte IV, scène V), il s'en remet à la tradition séculaire du duel judiciaire et à la justice divine – ce qui lui évite de devoir trancher. On note à ce sujet que son opinion est faite (il ne veut pas risquer de perdre le Cid), mais il ne parvient pas à l'imposer à Chimène. Toute la problématique du pouvoir royal pourrait être résumée à ce vers prononcé par Don Fernand : « J'ai moins de pouvoir que tu n'as de mérite » (acte IV, scène III, v. 1214).

Il est frappant de constater à quel point les nobles présentés dans la pièce se détachent du pouvoir royal et de son influence. Il existe en effet, chez tous les personnages, une défiance à l'égard de la justice royale, que l'on peut attribuer à une longue tradition de suprématie de la noblesse. C'est à son fils que Don Diègue confie le soin de le venger (acte I, scène V), non au roi comme on pourrait le supposer. Plus loin, c'est Chimène qui choisit de s'en remettre à l'épée de Don Sanche pour se venger de Rodrigue, sans consulter le pouvoir royal (acte IV, scène V). Don Gormas gifle Don Diègue (acte I, scène III) à cause du choix du roi de nommer celui-ci gouverneur de son fils : en agissant de la sorte, il n'insulte pas seulement le père de Rodrigue, mais remet en cause, non sans grossièreté, une décision du roi qu'il juge inique, sinon inepte. Don Gormas et Don Diègue représentent ainsi deux modèles de nobles, et chacun fait fi du pouvoir royal de façon différente. En demandant à son fils, et non au roi, de le venger, le père de Rodrigue place la loi du sang et l'honneur familial au-dessus de la déférence due à la Couronne, qu'il respecte par ailleurs. Don Gormas semble, quant à lui, privilégier son orgueil personnel avant toute chose et reconnaît peu de valeur au pouvoir royal (« Pour grands que sont les rois, ils sont ce que nous sommes :/ Ils peuvent se tromper comme les autres hommes », acte I, scène III, v. 157-158). Corneille reprend par là un thème courant dans la tragédie, depuis Sophocle, celui de la démesure qui engendre les drames. Le comte est un personnage excessif et orgueilleux. Même lorsqu'il reconnaît son erreur, il refuse de s'en excuser (acte II, scène I) et son entêtement le pousse à braver le roi lui-même. Cet orgueil causera sa perte et déclenchera le dilemme tragique qui affectera l'ensemble des personnages. Le parallèle avec la situation politique de la France d'avant la Fronde est limpide et la pièce souligne le danger qu'il y a à laisser la noblesse se croire au-dessus du pouvoir en place...

Le pouvoir paternel et la loi du sang

Face à un pouvoir royal qui ne parvient jamais à s'imposer complètement se dresse – et s'oppose – la conscience du rang, de la gloire acquise sur le champ de bataille par des ancêtres dont il faut se montrer digne. Le pouvoir royal affaibli n'est donc pas le seul à peser sur la destinée des deux amants, voire sur différents personnages. On venge ses pères autant que l'on veut s'aligner sur leur gloire, l'un étant la suite logique de l'autre, et ce qui est en apparence une soumission à la lignée est en réalité une affirmation de soi, car l'héritage ne vaut que s'il est reconnu et endossé. Ceci vaut pour Rodrigue (« Que je meure au combat ou meure de tristesse/ Je rendrais mon sang pur comme je l'ai reçu », acte I, scène VI, v. 343-344), pour Don Diègue (« [...] ton illustre audace/ Fait bien revivre en toi les héros de ma race », acte III, scène VI, v. 1029-1030), pour l'Infante (« T'écouterai-je encor, respect de ma naissance ? », acte V, scène II, v. 1565), pour Chimène qui ne cesse de répéter que sa gloire dépend de la justice rendue à l'honneur de son père, passant ainsi sous silence le fait que Don Gormas était l'agresseur et le provocateur.

Il existe en outre une forme de pouvoir, presque de tyrannie, privé et reconnu comme partie prenante du « cœur » (acte I, scène V). Sociologiquement, dans l'Espagne féodale comme dans la France de Corneille, la soumission à la loi des pères est une règle aussi tacite qu'inéluctable. La pièce s'ouvre par exemple sur une Chimène qui attend avec impatience la réponse de son père à son mariage avec Rodrigue : le poids de la volonté paternelle, condition sine qua non du bonheur des enfants, est donc présent dès les premiers vers. De la même façon, le père a pour devoir d'élever ses enfants vers l'honneur et le devoir dû à son rang, comme le manifeste Don Diègue lorsque Rodrigue revient de son combat contre le comte (acte III, scène VI). L'honneur – gagné à la bataille – est même la seule valeur qui semble d'importance aux yeux de ce terrible père (« Si tu veux mourir, trouve une belle mort », v. 1088). Le rôle du père est bien d'enseigner l'honneur à sa descendance et Don Diègue rappelle à Rodrigue que, d'une part, l'honneur ne se limite pas à la vengeance (« Ne borne pas ta gloire à laver un affront », v. 1093), et d'autre part, que l'amour se nourrit de cette dévotion totale à l'honneur (« Si tu l'aimes, apprends que revenir vainqueur,/ C'est l'unique moyen de regagner son cœur », v. 1095-96), ce que Chimène confirmera par la suite. Cette dévotion à l'honneur du père est, plus que la mort de Don Gormas qui n'est qu'un symptôme, le nœud tragique qui joue le rôle du destin dans la tragédie antique : une force qui dépasse le héros, aussi sacrée qu'inéluctable. Pour autant, et contrairement au modèle antique où le fatum (destin) était incarné par un dieu et donc extérieur au héros, il devient chez Corneille un élément central de la psyché du personnage.

LE HÉROS CORNÉLIEN

Échos chevaleresques

Le héros chez Corneille emprunte de nombreux traits à la tragédie et à son modèle chevaleresque. Selon les codes hérités entre autres du roman médiéval, l'héroïsme va de pair avec la jeunesse qui souvent sert d'excuse à l'emportement du personnage, homme ou femme. Néanmoins, comme l'auteur le fait dire à Rodrigue, « aux âmes bien nées/ La valeur n'attend pas le nombre des années » (acte II, scène II, v. 406). Il va également de pair avec la perfection physique, conséquence directe de la jeunesse, mais aussi de la vertu (« Rodrigue n'a de trait en son visage/ Qui d'un homme de cœur ne soit la haute image », acte I, scène I, v. 29-30), ainsi qu'avec un évident courage dont l'ardeur au combat est l'ultime preuve. Cela est manifeste pour Rodrigue, dont les talents militaires sont vantés à plusieurs reprises, mais également pour Chimène qui se distingue par le caractère combatif et résolu de son argumentation, dès qu'elle partage la scène avec d'autres personnages (à l'exclusion de sa suivante qui n'a d'autre rôle que d'écouter les tourments de la jeune femme). Enfin, l'idéalisation du héros ne serait pas complète si celui-ci ne faisait pas preuve de générosité et de grandeur d'âme : Rodrigue épargne la vie de Don Sanche alors qu'il vient de le vaincre en duel (acte V, scène V), l'Infante confirme à Chimène lui conserver son amitié alors qu'elle vient de renoncer à Rodrigue (acte V, scène II). Ces traits font par ailleurs largement défaut à un personnage comme Don Gormas, le privant ainsi du statut héroïque. L'héroïsme et l'honneur sont ainsi loin d'être des vertus individuelles, ou plutôt il s'agit d'un comportement individuel se faisant l'avatar d'un comportement collectif qui le transcende.

Comme cela a été évoqué plus haut, le trait dominant du héros cornélien est un sens exacerbé de l'honneur, mètre étalon de toutes ses actions, à la fois moteur et but de ses décisions. Pour Rodrigue, Chimène ou encore l'Infante, l'honneur est un sentiment qui doit être constamment nourri. Ce que nous nommons « honneur » recouvre un champ sémantique large dans la pièce : « vertu », « gloire », « devoir » sont autant de termes pour désigner une notion centrale. Se montrer digne de sa lignée et ne pas abâtardir son rang par des actions peu flatteuses, tel est l'absolu auquel aspire le héros cornélien. Toute l'action de la pièce est organisée autour de la lutte de chaque protagoniste pour accéder à cet absolu et peut être résumée comme suit : qui de Chimène ou Rodrigue verra aboutir sa quête de l'honneur ? Les valeurs héritées de leurs pères ne sont pas de simples guides, il s'agit de s'y conformer au sens étymologique du terme : se modeler autour d'elles et les faire siennes.

Ces différentes caractéristiques ne sont pas tant une convention littéraire qu'une nécessité pour emporter l'adhésion du public puisque, si l'on croit Racine, le but du théâtre est de « plaire et de toucher » (préface de *Bérénice*, 1670). Comme le note Paul Bénichou dans *Morales du Grand*

Siècle, le spectateur ainsi capté est tout à la fois actif et passif, témoin de la gloire des personnages et compagnon de ses affres. *Le Cid* marque, par conséquent, un tournant dans la carrière de son auteur, en ce qu'il lui permet de définir les contours d'une morale héroïque propre, que Corneille mettra en œuvre dans ses tragédies ultérieures.

Le dilemme cornélien

L'expression est passée dans le langage courant pour désigner toute alternative dont le choix, quel qu'il soit, est forcément funeste. Le dilemme du Cid est simple et résumé de façon limpide par cette exclamation de Rodrigue : « Père, maîtresse, honneur, amour ! » (acte I, scène VI, v. 311) Il lui faut perdre l'un s'il veut obtenir l'autre : perdre Chimène en défendant son père ou perdre l'honneur en choisissant l'amour… et perdre Chimène dans le même temps puisque celle-ci ne saurait aimer un homme sans honneur. De la même façon, la jeune femme se montrerait indigne des sentiments de Rodrigue, si elle n'exigeait pas sa tête pour prix de la mort de son père (« Tu t'es, en m'offensant, montré digne de moi ;/ Je me dois, par ta mort, montrer digne de toi ! », acte III, scène IV, v. 931-32).

La question qui sous-tend ces choix, si l'on garde à l'esprit que le héros cornélien est en quête constante du sublime et que celui-ci passe par le respect de l'honneur, est donc : quelle action garantira au héros de se prouver vertueux ? Vertu qu'il faut comprendre comme le « point où le cri naturel de l'orgueil rencontre le sublime de la liberté » (BÉNICHOU (Paul), « Le héros cornélien », in *Morales du Grand Siècle*, p. 31).

Le dilemme cornélien ne se comprend pas sans la notion de liberté, de libre arbitre qui ennoblit le personnage. Ni Rodrigue ni Chimène ni Doña Urraque ne se soumettent à la loi du sang et de l'honneur ; ils s'élèvent jusqu'à elle. En embrassant le dilemme, ils se mettent à l'épreuve et s'éprouvent vainqueurs. Chaque moment délibératif se clôt sur l'affirmation d'un choix par le protagoniste, même si la mort est le dernier horizon (« Oui, mon esprit s'était déçu./ Je dois tout à mon père avant qu'à ma maîtresse », acte I, scène VI, v. 342 ; « Il y va de ma gloire, il faut que je me venge », acte III, scène III, v. 842 ; « Je me vaincrai pourtant, non de peur d'aucun blâme/ Mais pour ne troubler pas une si belle flamme », acte V, scène III, v. 1637-38). La trajectoire de chaque personnage est celle d'une douloureuse conquête de l'héroïsme et de la réalisation de soi, dont l'accession de Rodrigue au titre de « Cid » est une métaphore, et passe par une mise en œuvre inexpugnable de la volonté. Se prouver en s'éprouvant, telle est la maxime du dilemme héroïque dans le théâtre cornélien.

STYLE ET ÉCRITURE

La tragi-comédie, un genre hybride

Dans les années 1630, le genre noble, la tragédie, est un terme parapluie qui recouvre aussi bien la tragédie de collège à matière biblique mise en avant par les jésuites, que le très récent opéra ou certaines pastorales dramatiques. Outre ces contenus divergents, selon d'Aubignac (écrivain et critique dramatique, 1604-1676), la notion de spectacle reste centrale. Il ne suffit pas de présenter des morceaux de bravoure rhétoriques ou d'intercaler à l'entracte quelques pièces de violons : la tragédie peut et doit aussi intégrer les artefacts les plus ingénieux en matière de décors (machineries dont le succès culminera dans les années 1650), de sons (trompettes ou roulements de tonnerre), de danses ou encore de chants. Spectacle total s'il en est.

Dans ce contexte, la tragi-comédie a le vent en poupe entre 1628 et 1640, et reflète cette époque de questionnement théorique, après l'exubérance et le goût de l'hybride propre au baroque, avant la rigueur épurée du classicisme. Corneille, qui a fait jouer son *Illusion comique* l'année précédente, est encore empreint de ce goût du composite et des formes sinon libérées, du moins pas encore tributaires d'un carcan. Si la question du genre du *Cid* dépasse la simple mention en frontispice, on constate d'une part que Corneille s'est tenu à une certaine rigueur, voire austérité, mais que d'autre part, *Le Cid* colle au genre de la tragi-comédie en ce qu'il est, selon les mots de l'abbé d'Aubignac, une tragédie à fin heureuse (*Pratique du théâtre*, 1657). Genre hybride et fluide s'il en est, cette seule différence suffit, à l'époque, à distinguer la tragi-comédie de la tragédie pure.

Le critique français Roger Guichemerre définira ensuite le genre tragi-comique comme une « action souvent complexe, volontiers spectaculaire, parfois détendue par des intermèdes plaisants, où des personnages de rang princier voient leur amour ou leur raison de vivre mis en péril par des obstacles qui disparaîtront heureusement au dénouement ». Il souligne également une volonté des dramaturges de « frapper la sensibilité et l'imagination des spectateurs, une prédilection pour les violences de la passion ou l'héroïsme chevaleresque, pour les situations exceptionnelles ou les coups de théâtre [...] » (GUICHEMERRE (Roger), *La tragi-comédie*, p. 9).

Si *Le Cid* ne comporte pas de réel intermède, on note que les héros de la pièce sont de haute naissance – contrairement aux protagonistes du drame et de la comédie – et se meuvent dans différents lieux (le palais du roi, les appartements de Chimène et de l'Infante, etc.), au fil d'une intrigue qui évolue à une très ville allure et fait la part belle à la surprise et aux coups de théâtre (l'attaque des Maures, par exemple), tout en ménageant une large place aux dilemmes du cœur et de la raison. Si sentiment tragique il y a, sous la forme de l'honneur dû au rang et à la lignée agissant comme un fatum, il côtoie les atermoiements amoureux, les scènes lyriques, les récits de bataille, tous éléments d'une complexité propre au genre romanesque. Outre le goût de l'irrégularité et de la variété, on peut encore voir là un souhait de l'auteur de satisfaire aux deux exigences du théâtre, art social s'il en est : plaire et instruire. Il ne s'agit pas encore tout à fait de la catharsis classique (soit la purgation des passions par un spectacle censé inspirer pitié et crainte) : plaire en instruisant, et instruire en présentant une action plaisante, variée, riche en rebondissements et sentiments élevés.

Le traitement des unités

Les critiques d'époque ne s'y sont pas trompés, la question des règles théâtrales dans *Le Cid* est épineuse. Ces règles censées régir l'écriture théâtrale ont été formalisées de brillante façon par Boileau (écrivain et historiographe, 1636-1711), dans son *Art poétique* de 1674 (« Qu'en un lieu, qu'en un jour, un seul fait accompli/ Tienne jusqu'à la fin le théâtre rempli »), ce qui n'est que l'aboutissement d'une lente maturation théorique à partir des préceptes d'Aristote (philosophe grec, 384-322 av. J.-C.) et dont l'un des premiers manifestes fut la *Lettre sur le théâtre*, rédigée en 1630 par Jean Chapelain (poète et critique, 1595-1674), à la demande de Richelieu dont il était le secrétaire. Si Corneille applique déjà certaines de ces règles, bien que parfois avec une définition très lâche, on note que la théorie en 1637, au moment où paraît *Le Cid*, est encore très jeune, ce qui n'empêche pas les accusations de pleuvoir.

L'unité de lieu suppose que l'action théâtrale ne se déroule que dans un seul lieu fictif, qui permettrait par exemple aux différents personnages de se croiser sans faire d'entorse à la logique et à la vraisemblance (comme l'antichambre dans *Bérénice*, 1670). Une seule scène, un seul lieu, un seul décor.

Or, l'action du *Cid* se déroule dans quatre lieux différents : les appartements de Chimène, une place publique, le palais du roi et la demeure de Rodrigue. Mais Corneille contourne la critique en arguant que « la scène est à Séville »...

L'unité de temps impose que l'action se déroule « le temps d'une révolution de soleil », soit entre 12 et 30 heures, par souci de concentration des effets, de la coïncidence du temps fictif et du temps réel vécu par le spectateur. On admet que l'action fictive se poursuive pendant l'entracte, mais dans le cas présent, Corneille doit en quelque sorte tricher. L'action commence un matin chez Chimène pour prendre fin 24 heures plus tard. Pour cela, il faut que Rodrigue ait quitté le palais du roi le soir, se soit battu contre les Maures de nuit, pour revenir au matin et se battre en duel contre Don Sanche une heure ou deux plus tard. La règle semble respectée ; la vraisemblance est plus aléatoire.

L'unité d'action vise à imposer une intrigue ramassée autour d'un sujet principal qui ne doit jamais être perdu de vue. Quel est le sujet du *Cid* ? Le mariage ? La vengeance ? Pour respecter la règle, il faut poser comme sujet de la pièce la douloureuse accession du protagoniste au statut héroïque. Dès lors, chaque épisode, qu'il s'agisse des affres de Doña Urraque ou de la bataille contre les Maures, s'organise autour de cet élan unique.

Deux autres règles régissent encore la création théâtrale. La règle de l'unité de ton, qui suppose un registre unique pour l'ensemble de la pièce, est respectée par Corneille (pas de mélange de tons ni de niveaux de langage, tout le texte étant soutenu par la tension dramatique qui repose sur un lyrisme désespéré et vengeur). L'exigence de vraisemblance et de bienséance semble en revanche fluctuante et l'on garde en mémoire la levée de boucliers des détracteurs de Corneille devant la scène I de l'acte V, où Chimène reçoit Rodrigue : jamais une jeune fille bien née ne recevrait chez elle l'homme qui a tué son père et dont elle a exigé la tête. Selon l'Académie française, cette scène nuit tellement au personnage de Chimène, qui se laisserait alors gouverner par sa passion, que la pièce en raterait son propos : susciter l'adhésion par l'admiration.

LE DIALOGUE THÉÂTRAL

L'art rhétorique en scène

L'écriture de Corneille, comme celle des classiques qui viendront après lui, est faite de topos récupérés qui viennent habilement servir le propos. Le génie littéraire du XVIIe siècle n'est pas la liberté créatrice débridée qui a modelé notre conception de l'écrivain depuis les romantiques. Au siècle de Corneille, fait preuve de génie – au sens propre d'ingéniosité, non d'éclair de révélation – celui qui sait agencer, créer du neuf avec de l'ancien, mener avec brio une argumentation rhétorique suivant rigoureusement les principes antiques. C'est pourquoi la rhétorique sous-tend tout le texte tragique de Corneille, ce qui se met aisément en lien avec le thème du dilemme : les doutes et questionnements du héros prennent forme sur la scène par la rhétorique. En outre, elle fait partie des figures imposées du genre tragique, qui suppose un certain nombre d'éléments de type déclaratifs. La scène VIII de l'acte II montre ainsi une forme de joute entre Chimène et Don Diègue, par tirades rhétoriques interposées et orchestrées par le roi. La tirade de Chimène, en particulier, est une application à la lettre de la structure rhétorique traditionnelle :

* l'exorde (s'attirer la bienveillance de l'auditoire) ;
* la narration (exposer les faits en faisant mine d'objectivité) ;
* la confirmation (les preuves avancées pour défendre sa position) ;
* la péroraison (l'amplification du discours censé susciter indignation et/ou pitié).

Peut-être peut-on lire dans cette utilisation des armes rhétoriques un dédoublement du motif du duel judiciaire : dans les deux cas, il ne s'agit pas simplement de faire preuve de son talent (de bretteur ou d'orateur), mais bien de sauver ce qui importe le plus à chacun des personnages, son honneur. Chez Corneille, le moment rhétorique, le moment de la délibération et de la mise en mots du dilemme n'est donc jamais anecdotique.

La maxime cornélienne

Effet de mode, à nouveau : le genre de la maxime est en vogue au XVIIe siècle, des salons au théâtre. Selon le modèle qui fournira par la suite matière à l'œuvre de La Rochefoucauld (écrivain et moraliste, 1613-1680), il s'agit d'une expression ramassée exprimant une vérité générale qui doit frapper l'auditoire, tant par son brillant que par son caractère lapidaire. Dans la maxime, le sujet n'intervient pas : il s'extrait du moment narratif et se place au-delà, dans le temps immémorial des vérités absolues. Si expression personnelle il y a (trace de lyrisme, par exemple, ou de pathétique), elle englobe l'espace d'un instant l'ensemble de la condition humaine. Le but de la maxime est donc à la fois de transmettre le caractère déterminé du protagoniste, la netteté avec laquelle lui apparaît le sens de son action, et d'emporter une adhésion immédiate du public.

Corneille a de nombreuses fois recours à ce procédé :

- « Aux âmes bien nées, la valeur n'attend pas le nombre des années » (acte II, scène II, v. 405-406) ;
- « Un roi dont la prudence a de meilleurs objets/ Est meilleur ménager du sang de ses sujets » (acte II, scène VIII, v. 595-596) ;
- « Quand le bras a failli, l'on en punit la tête » (acte II, scène VIII, v. 722) ;
- « De quoi que nous flatte un désir amoureux/ Toute excuse est honteuse aux esprits généreux » (acte III, scène IV, v. 844) ;
- « L'amour n'est qu'un plaisir, l'honneur est un devoir » (acte III, scène VI, v. 1059) ;
- « Quand on rend la justice, on met tout en balance » (acte IV, scène V, v. 1386) ;
- « Mourir pour un pays n'est pas un triste sort :/ C'est s'immortaliser par une belle mort. » (acte IV, scène V, v. 1367), etc.

On note toutefois que ces maximes mettent presque toujours en avant le thème de la vengeance et de l'honneur ; la parole amoureuse, elle, ne s'exprime pas par vérités générales.

Dramatisation du personnage

Si le vers cornélien est on ne peut plus régulier (alexandrin avec césure à l'hémistiche), on remarque que le dialogue est extrêmement varié et fait de répliques de longueurs variables. Ainsi, aux longs monologues présentant le (ou les) dilemme(s) et aux tirades rhétoriques, répondent des scènes enchaînant les réparties (répliques brèves) et les stichomythies (répliques tronquées à l'hémistiche ou en différents endroits du vers), reproduisant une altération du dialogue qui menace de se rompre pour de bon. Dans ces cas, telle la scène de la provocation en duel de Rodrigue au comte, le dialogue reproduit l'emportement des sentiments et crée une forte tension dramatique qui ne peut aboutir qu'à l'affrontement.

Autre créateur d'effets dramatiques : les jeux d'opposition, qui peuvent répercuter l'affrontement jusqu'au cœur du monologue et de la tirade. L'Infante s'écriant « Je pleure ses malheurs, son amant me ravit » (acte II, scène V, v. 508) révèle et renouvelle son désarroi par cette antithèse (figure de rhétorique), rehaussée par un chiasme (figure de style). L'antithèse pose un paradoxe au sein d'une seule phrase, renforçant l'effet de contradiction. Très en vogue, notamment dans les thématiques amoureuses et chez les précieuses (adeptes de la préciosité, mode littéraire française de l'époque recherchant le raffinement), ce procédé est le signe d'une psyché qui ne peut que dire le trouble sans le rationaliser.

L'une des grandes originalités de Corneille est de sortir le personnage tragique de l'ornière d'une parole sublime, mais désincarnée – les transports et les péripéties propres à la tragi-comédie agissent en ce sens, c'est-à-dire redonne chair et sang aux personnages. Il s'agit par exemple de parvenir à dire le malaise. Non le malheur ou la souffrance, mais cette sensation diffuse où la psyché refuse de s'avouer certaines vérités. En cela, la litote, figure de style qui consiste à en dire moins pour faire entendre davantage, est fort utile. « Va, je ne te hais point » (acte III, scène IV, v. 963) : la célèbre réplique de Chimène n'est pas seulement dictée par le goût de la pudeur. C'est surtout le signe d'une conscience profondément troublée, qui a besoin de faire passer l'aveu amoureux, mais se refuse à le dire. On note que, dans la même scène, le dialogue de Chimène et Rodrigue fait la part belle à l'hyperbole, figure d'exagération, indiquant ainsi, même si de façon conventionnelle, l'ardeur des sentiments qui les animent – et leur contradiction.

RÉCEPTION DU *CID*

UNE PIÈCE POLÉMIQUE

Dès janvier 1637, le succès est énorme et tout Paris se passionne pour les amours contrariées de Rodrigue et Chimène. L'hôtel du Marais fait salle comble, il faut même installer des chaises jusque sur la scène. Pour preuve, la pièce est jouée à la fois à la ville et à la cour, elle sera éditée dans l'année et il en paraîtra même une traduction anglaise avant 1638, ce qui est exceptionnel. Corneille est anobli par le roi dans la foulée, grâce à Richelieu, son puissant mécène...

Et pourtant, les critiques s'insurgent. « En vain contre le *Cid* un ministre se ligue,/ Tout Paris pour Chimène a les yeux de Rodrigue./ L'Académie en corps a beau le censurer,/ Le public révolté s'obstine à l'admirer », écrit Boileau (*Satires*, IX, 1668), soulignant ainsi le fossé entre le succès populaire et les réactions des érudits.

Que reproche-t-on à Corneille ? La matière espagnole, tout d'abord : en pleine guerre contre l'Espagne, le sujet serait de mauvais goût et frôlerait l'antipatriotisme. Alors que l'emprunt à des sources antiques ou étrangères est de mise à l'époque, on accuse Corneille de plagiat, ce qui est d'autant plus de mauvaise foi que l'intrigue de la pièce emprunte à un fait historique avéré. Parmi ses détracteurs, Jean Mairet et Georges de Scudéry (romancier et poète, 1601-1667) sont les plus virulents et s'insurgent contre le ridicule de l'intrigue (on n'épouse pas l'assassin de son père) et le mépris total des règles de l'écriture théâtrale.

Scudéry fait appel à l'arbitrage de la toute jeune Académie française. Richelieu, qui voit là un moyen d'asseoir son institution comme arbitre de la création littéraire, laisse faire, bien que Corneille soit l'un de ses protégés. Il commande donc à son secrétaire, Jean Chapelain, une réponse officielle à cette querelle.

En décembre 1637 paraissent donc *Les Sentiments de l'Académie* sur la tragi-comédie du *Cid*. L'accusation de plagiat, grotesque, est oubliée et l'on veut bien reconnaître à la pièce « un agrément inexplicable ». Mais les conclusions sont néanmoins sévères : oubli de la bienséance, notamment dans le personnage de Chimène, et de la vraisemblance (trop de péripéties dans un laps de temps trop court), aucun respect de la règle des trois unités, ni du (ou des) genre(s). Il est intéressant de constater que les deux moments forts de la pièce, ceux qui emportent le cœur du public, à savoir le monologue de Rodrigue (acte I, scène VI) et sa visite chez Chimène (acte III, scène IV), sont aussi ceux qui ont été le plus souvent moqués par les doctes, l'outrance de la parole et l'intensité des sentiments cadrant mal avec l'émergence du modèle littéraire de l'honnête homme. Les esprits s'échauffent, Corneille se défend et Richelieu laisse la querelle s'envenimer pendant quelques semaines avant d'y mettre un terme.

L'auteur se réfugiera dans le silence pendant quelques années et, lors de la révision de la pièce en 1648, en supprimera les passages les plus décriés, concentrant son action autour du tragique et de l'action centrale.

UN CLASSIQUE INDÉMODABLE

Selon l'auteur lui-même, dans l'*Avertissement* de l'édition de 1661, le succès de la pièce tient à une forme particulière de pitié et d'admiration. Si *Le Cid* a touché un si large public, c'est parce que le tragique repose sur deux idées maîtresses : « La première est que celui qui souffre et est persécuté ne soit ni tout méchant, ni tout vertueux, mais un homme plus vertueux que méchant, qui, par quelque trait de faiblesse humaine qui ne soit pas un crime, tombe dans un malheur qu'il ne mérite pas ; l'autre, que la persécution et le péril ne viennent point d'un ennemi, ni d'un indifférent, mais d'une personne qui doive aimer celui qui souffre et en être aimée ».

Depuis trois siècles, ce succès ne s'est pas démenti et des générations de public ont suivi avec le même émoi les affres de Chimène et Rodrigue. Pièce et personnage connaissent un regain de popularité avec l'avènement du romantisme, car la figure du Cid permet la convergence d'un nationalisme glorieux, d'un Moyen Âge idéalisé et de cette « matière espagnole » dont le siècle sera friand, car pleine d'un exotisme sombre fait de sentiments brûlants. Les romantiques n'ont pour autant pas réinventé le Cid – comme ce fut le cas avec Robin des bois ou le roi Arthur par exemple –, car il est indissociablement lié à Corneille. Mais l'opéra que le compositeur Jules Massenet (1842-1912) tire de la pièce en 1885 ajoutera à sa renommée.

Affiche pour l'opéra de Massenet, 1886.

Depuis sa création, la pièce a ainsi fait l'objet de nombreuses adaptations, pas seulement au théâtre. Au XIXe siècle, l'opéra de Massenet mêle vers de Corneille et ajouts des librettistes, tout en suivant scrupuleusement la pièce originale. Plus près de nous, Hollywood s'est emparé de l'intrigue pour en faire, en 1961, un film épique de cape et d'épée, avec

Charlton Heston dans le rôle de Rodrigue et Sofia Lauren dans celui de Chimène. Notons cependant que le scénario, qui fait la part belle aux batailles contre les Maures, s'inspire davantage de la légende du Cid Campeador que de l'œuvre de Corneille.

Sur scène, citons les adaptations remarquées de Jacques Copeau en 1940, les deux adaptations de Jean Vilar pour le festival d'Avignon en 1949, puis au Théâtre national populaire (TNP) en 1951 (avec une prestation très remarquée de Gérard Philipe dans le rôle de Rodrigue).

Votre avis nous intéresse !
Laissez un commentaire sur le site de votre librairie en ligne
et partagez vos coups de cœur sur les réseaux sociaux !

BIBLIOGRAPHIE

SOURCES BIBLIOGRAPHIQUES

- AUBIGNAC (François Hédelin, abbé d'), *Pratique du théâtre*, Paris, Antoine de Sommaville, 1657.
- BÉNICHOU (Paul), « Le héros cornélien », in *Morales du Grand Siècle*, Paris, Folio Essais, 2002.
- CORNEILLE (Pierre), « Avertissement », in *Le Cid*, édition de 1661.
- CORNEILLE (Pierre), *Le Cid*, Paris, Nathan, coll. « Grands Classiques Nathan », 1989.
- GUICHEMERRE (Roger), *La tragi-comédie*, Paris, PUF, coll. « Littératures modernes », 1981.
- POULET (Georges), « Corneille », in *Études sur le temps humain*, Paris, Pocket Agora, 2004.
- SAINT-EVREMOND (Charles de), *Œuvres mêlées*, Paris, Marcel Didier, 1967.
- STAROBINSKI (Jean), *L'Œil vivant : Corneille, Racine, La Bruyère, Rousseau, Stendhal*, Paris, Gallimard, coll. « Tel », 1999.

SOURCES COMPLÉMENTAIRES

- AUBRUN (Charles Vincent), « Le Cid », in *Universalis.fr*, consulté le 25 mai 2016. https://www.universalis.fr/encyclopedie/cid-le/
- BIET (Christian), *La tragédie*, Paris, Armand Colin, coll. « Cursus Lettres », 1997.
- « Biographie de Pierre Corneille », in *alalettre.com*, consulté le 5 mai 2016. http://www.alalettre.com/

corneille-bio.php
- « Le Cid Campeador : de la réalité à la légende », in *herodote.net*, mars 2016, consulté le 23 mai 2016. https://www.herodote.net/Le_Cid_Campeador_1043_1099_-synthese-623.php
- Lyons (John D.), « Le mythe du héros cornélien », in *Revue d'histoire littéraire de la France*, 2/2007 (Vol. 107), p. 433-448. https://www.cairn.info/revue-d-histoire-litteraire-de-la-france-2007-2-page-433.htm
- Martin (Georges), Nidest (Alain), Brunel (Pierre) dir., « Cid », in *Dictionnaire des mythes littéraires*, Paris, Éditions du Rocher, 1994.
- Moreau (Isabelle), « Querelle du Cid », in *Banque de données AGON*, décembre 2014, consulté le 2 juin 2016. http://base-agon.paris-sorbonne.fr/querelles/querelle-du-cid
- Roubine (Jean-Jacques), *Introduction aux grandes théories du théâtre*, Paris, Dunod, coll. « Lettres Sup », 1998.

QUELQUES MISES EN SCÈNE RÉCENTES

- *Le Cid*, mise en scène de Jacques Copeau, avec Jean-Louis Barrault (Rodrigue) et Marie Bell (Chimène), 1940, Comédie-Française.
- *Le Cid*, mise en scène de Jean Vilar, avec Jean-Pierre Jorris (Rodrigue) et Françoise Spira (Chimène), 1949, festival d'Avignon.
- *Le Cid*, mise en scène de Jean Vilar, avec Gérard Philippe (Rodrigue) et Françoise Spira (Chimène), 1951, Théâtre national populaire.

- *Le Cid*, mise en scène de Francis Huster, avec Francis Huster (Rodrigue) et Marianne Basler (Chimène), 1985, théâtre Renaud-Barrault.
- *La contestation et la mise en pièces de la plus illustre des tragédies françaises « Le Cid » de Pierre Corneille suivies d'une « cruelle » mise à mort de l'auteur dramatique et d'une distribution gracieuse de diverses conserves culturelles*, mise en scène de Roger Planchon, avec Georges Beauvillier (Rodrigue) et Loleh Bellon (Chimène), 1969, Théâtre de la cité (Villeurbanne).

ADAPTATION CINÉMATOGRAPHIQUE

- *El Cid*, film d'Anthony Mann, avec Charlton Heston (Rodrigue) et Sophia Loren (Chimène), 1960, États-Unis et Italie.

SOURCES ICONOGRAPHIQUES

- Gravure représentant Pierre Corneille, XVIIe siècle. La photo reproduite est réputée libre de droits.
- La mort de Don Gormas dans l'opéra de Jules Massenet, 1885. La photo reproduite est réputée libre de droits.
- Rodrigue et Chimène dans l'opéra de Jules Massenet, 1885. La photo reproduite est réputée libre de droits.
- Affiche pour l'opéra de Massenet, 1886. La photo reproduite est réputée libre de droits.

Éditeur responsable : Lemaitre Publishing
Avenue de la Couronne 382 | BE-1050 Bruxelles
info@lemaitre-editions.com

ISBN ebook : 978-2-8062-7550-9
ISBN papier : 978-2-8062-7551-6
Dépôt légal : D/2017/12603/82
Couverture : © Lisiane Detaille.